D0925944

Rosa y el experimento del gran barco
Rosa's Big Boat Experiment

¡Jau!
¡Jau!

Yap!
Yap!

Child's Play (International) Ltd
Ashworth Rd, Bridgemead, Swindon SN5 7YD, UK

Swindon   Auburn ME   Sydney

ISBN 978-1-78628-639-0   L290321RW06216390

© 2021 Child's Play (International) Ltd

Printed in Heshan, China

1 3 5 7 9 10 8 6 4 2

www.childs-play.com

Rosa y sus amigos se preparan para construir unos botes.
—¿Cuántas tazas se necesitan para llenar nuestra bandeja?
—pregunta Sadiq.

Rosa and her friends are getting ready to build some boats.
"How many cups will it take to fill our tray?" asks Sadiq.

—Los barcos deben flotar —dice Jamil.

—¿Qué te parece este tronco? —pregunta Loti.

—Es demasiado grande —responde Jamil—. ¡Se hundirá!

"The boats will need to float," says Jamil.

"What about this log?" asks Lottie.

"That's much too big," replies Jamil. "It will sink!"

—¡Asombroso! —dice Jamil—. ¡Flota!
—La madera flota porque es menos densa
que el agua —explica Rosa.

"Amazing!" says Jamil. "It DOES float!"
"The wood floats because it's less dense
than the water," explains Rosa.

—Todo está hecho de moléculas —dice Loti—.
Son muy, muy pequeñas. Cuanto más juntas están
las moléculas, más denso es el objeto.

"Everything is made of molecules," says Lottie.
"They are very, very tiny. The closer the molecules
are packed together, the denser the object."

—Veamos —dice Jamil—. Esta pelota de ping-pong debería flotar porque es menos densa que el agua.

"Let's see," predicts Jamil. "This ping-pong ball should float because it's less dense than water."

—Esta canica es del mismo tamaño que la pelota
de ping-pong —dice Sadiq—. ¿Por qué no flota también?

"This marble is the same size as the ping-pong ball,"
says Sadiq. "Why doesn't it float too?"

—Algunas cosas pequeñas se hunden y otras grandes flotan —explica Rosa—. Las cosas llenas de aire flotan porque el aire es menos denso que el agua.

"Some small things sink and some big things float," explains Rosa. Things filled with air will float because air is less dense than water," says Rosa.

Loti está experimentando. —Si pones algo pesado
en el agua, el nivel del agua sube —señala.
—Eso se llama desplazamiento —dice Jamil.

Lottie is experimenting. "If you put something heavy
in the water, the water level rises," she notes.
"That's called displacement," says Jamil.

Ellos salen afuera.

—Aquí hay mucha más agua —dice Rosa—.

Podemos probar qué cosas funcionan mejor como barcos.

—¿Puedo ir yo primero? —pregunta Sadiq.

They go outdoors.

"Out here there's lots more water," says Rosa. "We can test which things will make the best boats."

"Can I go first?" asks Sadiq.

—¡Oh no! Mi esponja ha absorbido agua —dice Sadiq—.
¡Es demasiado pesada y se ha hundido! ¿Qué puedo usar ahora?

"Oh no! My sponge has absorbed water," says Sadiq.
"It's too heavy and it's sunk! What can I use now?"

—¿Los barcos se llenan de agua cuando llueve?
—se ríe Loti—. ¡El mío se está hundiendo!
—¡Podríamos echar una carrera de botes! —dice Rosa.

"Do boats fill up with water when it rains?"
laughs Lottie. "Mine's sinking!"
"We could have a boat race!" says Rosa.

—¿Qué forma de barco crees que irá más rápido? —pregunta Jamil.
—Una forma puntiaguda en la parte delantera corta fácilmente el agua —dice Rosa.

"Which shape of boat do you think will go the fastest?" asks Jamil.
"A pointed shape at the front cuts easily through the water," says Rosa.

¡Yupiii!
Wheee!

—Voy a añadir una vela —dice Rosa—. El viento soplará la vela y hará que el barco vaya más rápido.

"I'm going to add a sail," says Rosa. "The wind will blow into the sail and make the boat go faster."

—¡Yo también estoy haciendo una vela!
—exclama Sadiq—. ¡Mi barco va a ser el más rápido!
—¡He hecho el frente del casco puntiagudo! —dice Loti.

"I'm making a sail too!" exclaims Sadiq.
"My boat's going to be the fastest!"
"I've made the hull pointed at the front!" says Lottie.

—Todos nuestros barcos flotan muy bien —dice Rosa—.
¡Ahora sabremos qué usar la próxima vez!

"All our boats float really well," says Rosa.
"Now we'll know what to use next time!"

—¿De quién será el barco que llegue primero a la meta? —pregunta Sadiq—. ¡Espero que sea el mío!

"Whose boat will be first past the line?" asks Sadiq. "I hope it will be mine!"